DISCOVRS MERVEILLABLE, D'VN DEMON AMOVREVX, LEQVEL A POVSSE' VNE IEVNE DAMOYSELLE A BRVSLER vne riche Abbaye, & couper la gorge à sa propre Mere.

A ROVEN.

Chez Abraham Cousturier, Libraire tenant la Boutique, pres la grand porte du Palais, au Sacrifice d'Abraham.

M. VI. C. V.

DISCOVRS MERVEILLABLE, D'VN DEMON AMOVREVX, QVI à poussé vne ieune Damoyselle à brusler vne riche Abbaye, & couper la gorge à sa propre Mere.

IE ne pretends point faire icy vn ample discours des Demons aëriens de nature amoureuse, de leurs associatiōs, illusions & trōperies vers les Hommes, ou traiter de la question si les Sorciers peuuent auoir copulatiō charnelle auec les Diables, comme Lamies, Succubes & Aysialtes. Ou si les Sorciers en leurs Sabbats, dances, ou ailleurs, peuuēt estre congnuz par ces faux Esprits, Syluains, Satyres, & Efialtes, dits incubes, me remettāt à ce qu'en ont traité I. Bodin en sa Demonomanie, & Pierre Loyer en ses Spectres, tous deux hōneur de la Prouince Angeuine, & auāt eux Iacques Spranger Allemand, Paul Grilland Italien, autheurs des Liures des marteaux des Sorciers & enchāteresses, & sur tous Delrio en ses recherches magicques. Ausquels liures se voyēt les Hystoires & particularitez, iusques aux procez, cōfessiōs, Interrogatoires, recollemens, confrontations, decrets, & Iugements contre eux, & celles qui ont auoüé en Iustice s'estre accōplies par salle volupté auec l'ennemy de nos corps & ames. L'affirmatiue de ceste question ne pourroit plus estre reuoquée en doute estant decidée entre autres, par ceste grande lumieré de l'Eglise, Sainct Augustin liure quinziesme de la Cité de Dieu, ou il dit, que c'est impudēce de nier que quelques Demons, que les Gaulois appelloyent Drusiens, ayent pratiqué leurs impudics attouchements auec certaines Femmes. Ce qui à esté suyui de toute l'antiquité contre Cassian: mesmes par Isidore, & Sainct Thomas d'Aquin sur le siziéme de Genese, & Origene plus ancien au troisiéme des Principes, ou apres auoir parlé des ventriloques, il resout que quelques vnes ont esté inuesties dés leur tendre ieunesse par des demōs Pithoniques.

Dou il semble que les Anglois ayent puysé l'origine & naissāce de leur Prophete Merlin, sans lequel (ce dit Philippe de Commines) ils n'entamēt iamais nul propos & affaire. Et les rapports que nous font les Autheurs des descouuertes Indes Occidentales, escriuent que ces Barbares tenoyent pour certain que leur Dieu Kokoto couchoit auec les femmes. n'estans les faux Dieux de ce pays là, autres que vrais Diables qui plus sont coustumiers de conuerser auec eux, & les tourmenter en ces brouillards d'ignorance. Comme de fait no⁹ auons veu de nostre temps qu'en certains endroits de l'Allemagne, Suisse & Bailliage de Geneue, par les liures & procez verbaux, que Dameau & autres de leur secte en ont fait Imprimer & publier, il s'est trouué plus grand nombre de Sorciers & Sorcieres qui y ont fait mille rauages & desordres, dont on n'à peu se desenger qu'en les executant par les viues flames, pource que la ou on s'est esloigné du Soleil de la vraye Religion, le Prince des Tenebres y à plus de moyen d'exercer sa Tyrannie, luy estant laschée la bride par la permission diuine, sans laquelle il n'auroit point puissance d'entrer dans vn ord & chetif troupeau de pourceaux.

LE mal'heur dont i'entends parler est aduenu depuis peu de iours sur les confins de Lorraine & Bassigni, en vne des plus Nobles & anciennes maisons du pays, & en la personne d'vne ieune Damoyselle & Religieuse, de laquelle on ne pourra pas dire q̃ ce ait esté pour le peché de ses parents, ains d'elle seule, & affin que le mal soit, & comme dit l'Euangile en toute sorte Dieu soit glorifié.

Comme d'vn bon Arbre il peut bien naistre entre autres bons, quelques mauuais fruicts, & ne se trouua onc Grenade si saine & entiere qu'il n'y eust quelque grain pourri.

Ainsi du tres concordant Mariage du Sieur & Dame de Vannes, sõt issus six enfans, quatre masles & deux femelles, tous dignes de si bon Pere & Mere, fors l'aisnée nõmée Françoyse, qui à estrangemẽt degeneré: Car cõme elle fut doüée d'excellente beauté corporelle, & apres l'aage de douze ans elle fut recherchée en Mariage de plusieurs Gentils-hõmes sortables à elle & à sa maisõ: La mere portoit volontiers l'oreille à l'vne de ces parties pour sa Fille, si le Pere y eust voulu condescendre, lequel pour tenir sa maison en grandeur, s'estoit proposé de mettre tous ses enfans (fors l'Aisné, & le Cadet) en Religion.

Enquoy de sa part il y pourroit auoir eu quelque petite faute, estãt pourueu de biens suffisans. Car il possedoit plus de douze mille liures barroises de reuenu annuel, en belles terres, & Seigneuries: & si il tiroit bien autant de gages & appointements de sa Majeſté; comme gouuerneur de la Ville de Thonjou. Il à fait & continuë de bons, & fidelles ſeruices à ceſte Couronne: Il regardoit peut eſtre de trop prez aux grandes bõbances, & exceſſiues deſpences, que les filles d'auiourd'huy font, quand il eſt queſtion de les colloquer par mariage. Pour lequel conclurre la ieuneſſe ſe laiſſe pluſtoſt prendre, à la pecune, qu'à la Nobleſſe, alliances vertu, ou bonnes mœurs: Mais s'il y à lieu d'excuſe pour quelques vns, c'eſt pour les Gentils-Hommes, auſquels il faſche de forligner, & rabatre de leur ſplendeur ancienne: Ce qui pourroit aduenir, ſi partageant eſgalemẽt de leurs biens à tous leurs enfans, comme il à fait en ces pays là: Meſmes aduançant les filles, qui comme vne mauuaiſe herbe, ne croiſſẽt que trop toſt: Ils ſe denuent de leurs biens, ne faiſant aucun aduantage à l'Aiſné, qui doit perpetuer le nom, & les armes. Ceſte affection de ſe maintenir en honneur, pouuoit eſtre pardonnable, en vn gentil-hõme de ſi bonne maiſõ: Car ledit Sieur de Vannes eſt du nom, & armes de Bugniuille, & ſa Femme eſtoit du Chaſtelet, toutes deux de l'anciẽne Cheualerie, & fort renommée.

Ainſi donc pour eſpargner les frais, la reſolution eſt priſe de s'en deffaire, & la mettre en vne Abbaye de Dames, nommée Neuf-chastel, fondée par deffunte Madame Renee de Bourbon, de la Royale famille de Montpensier, femme du bon Duc Anthoine de Lorraine: & qui soit pour la grãdeur des bastiments, & structure de l'Eglise, soit en bonnes fondations & reuenus, ressentoit bien la magnificence de sa fondation.

La est conduite sœur Françoise (aagée de treize ans) contre son gré, & à sõ grand regret, cõme l'aduenemẽt la biẽ monstré, n'ayant esté possible aux maistresses des nouices, de luy faire apprendre son petit seruice, & le chant de l'Eglise, non pas seulement à lire.

Apprenez Peres & meres (& principalement vous qui estes Nobles) à ne forcer les volontez, & inclinations de vos enfans, en chose qui leur importe de leur Salut. Ne les cõtraignez point en vn genre de vie austere: S'ils n'y sont appellez de Dieu, & qu'il vous apparroisse de leur vocatiõ, par vne perseuerãce, auec suffisant aage, porté par les cõciles & ordõnances, & discretiõ pour faire de tels vœux: Ausquels vo⁹ pouuez participer, & qui sont bien aggreables à Dieu, quand on les rend & garde auec son assistance.

Nostre Religieuse est receuë à presẽter ses vœux, auãt l'aage, la discipline, & la capacité:

Mais sur les quinze ou seize ans, on apperçoit en elle vne soudaine & estrãge mutation en moins de huict iours: car elle q̃ n'eust sçeu discerner l'vn des elemẽts de l'Alfabet, la voila soudain deuenuë Clergesse, prompte à lire, bien escrire, chanter son plain chant & l'vne des bien-facondes, & bien disantes de tout le Couuent, non sans grãde merueille de toutes les autres, vers lesquelles elle deuint jazarde, mesprisãte, & injurieuse. Mesmes quãd elles la reprenoyent de ce qu'elle estoit trop parée & attifée, & trop assiduë à la lecture de tous Liures traitãs d'Amour lascif. Desquelles bõnes remõstrances elle ne faisoit compte, ains auec ses plus priuées elle vsoit de propos de desbauche, se vantãt d'auoir recouuré depuis peu vn Amoureux qui la venoit accõpagner toutes les nuicts, qui luy auoit appris à bien parler. Duquel propos les autres Religieuses ne peurent auoir l'intelligence iusques à ce qu'elles en virent les terribles effetz, qui furẽt tels, que ceste mauuaise Fille poussée d'vn plus mauuais Esprit, mist ou fist mettre le feu en l'vn des pl⁹ beaux corps d'Hostel de l'Abbaye, & de logis en logis continuant de rauager le reste des bastimẽs, iusques au Tẽple, ou toutes les Religieuses se retirerent, pensant y estre à sauueté, mais cõme ceste mal'heureuse incen-

se incense incendiaire sortoit d'vn coing, aussi tost la flāme y estoit portée, auec telle fureur qu'en moins de rien, ce beau & superbe vaisseau auec ses Cloistres, Chappitres, refectoires, & dortoires adjacens, furent reduits en cendre.

Accident deplorable! & semblable à ce uy que lamente Seneque en vne Epistre, ou il dit que la ville de Dion auoit esté consõmée par feu en peu d'heures, & qu'entre vne ville grāde il n'y auoit eu qu'vne nuictée, de sorte que ny ladite ville, lors n'y ce Monastere, n'ont eu autant de durée que ce pouuoit bien mõter la vie d'vn Hõme naturel: & sont cõtraintes ces pauures & deuotes Filles esparses çà & là, de se faire quester pour la restauratiõ de leur edifice, qui cousteroit plus de cent mille Escus si on le vouloit faire approcher de ce qu'il estoit. Encore si nostre enragée se fust tenuë pour cõtente, mais elle ne fut pas si tost trāsferée en vn autre couuent, que trois Religieuses passerent d vne mort soudaine, Dont la cause incognuë fut imputée au Demon dõt elle se vātoit, qui occasiōna que ces Religieuses firent prier sõ altesse de Lorraine, qu'il luy pleust les guarantir de ceste peste.

Ainsi fut elle rēuoyée au chasteau de Vannes, chez le Pere & mere, qui ne le pouuoyēt quasi croire, & en reçeurent vn grand creuecœur:

Mais ces perſonnes ayans la crainte de Dieu, viuemẽt empreinte en l'Ame: ne pouuãt auec ſeureté de conſcience, retirer au monde vne profeſſie: Ils reſolurent de faire baſtir en l'vne de leurs terres, fõder & doter, vne petite Abbaye, & y mettre leur fille auec quelques autres. Pour l'augmentation de laquelle, ſadite alteſſe promit mille Liures barroiſes, reuenans à vn tiers moins que nos tournoiſes.

Cependãt le Pere & Mere prenoyent plus prés garde à leur fille, la faiſoyent coucher en vne chambre proche de la leur; & luy donnoyent quelques anciẽnes Damoyſelles pour l'accompagner, qu'elle rejettoit auec aigres injures, diſant ne pouuoir repoſer, ſi elle n'eſtoit ſeule Et toutes les nuicts on l'oyoit parler, ſans ſçauoir à qui, & vne voix mal articulée qui luy reſpõdoit d'aucunes choſes, dõt elle n'auoit l'intelligence.

Ce qui eſmeut ce bõ Gentil-homme & ſa Femme, pour la ſurprẽdre, d'y entrer à l'impourueuë, & la deſcouurir. Ou ils virẽt vn eſtrãge & hideux ſpectacle, ſoit vray ou illuſoire. Vn mõſtre en forme d'vn ieune pourceau, ſe veautrant ſur le ventre de Françoyſe: & comme ils mettoyent les mains pour l'en oſter ou chaſſer, la beſte ſe gliſſoit vers l'vn & l'autre des flancs: puis en fin ſe diſparoissoit, dont les assistans furent fort estõnez. Ceste impudente ne s'en fist q̃ mocquer, iusques à recognoistre que c'estoit vn Demon Amoureux, qui la venoit voir d'ordinaire, & luy conseilloit de faire des vengeances: desquelles ils cognoistroyent en bref de plus grandes merueilles: & que c'estoit peu de l'accointance qu'elle auoitauec ce Demon, veu qu'autres femmes, ses semblables, faisoyent bien hommage, en la partie plus sale d'vn bouc puant.

Autant en confessa Getrude de Nazaret, pres Cologne: & furent trouuées des misseres, contenant les salles amours de son Demon & d'elle.

Ainsi Ieanne Haruillier de Verbery, confessa que sa Mere à douze ans, l'auoit offerte au Diable, en forme d'homme noir, botté & esperõné, qu'elle auoit serui de son corps iusques à cinq ans: qu'elle s'estoit trouuée aux Sabbats, & assemblées, apres s'estre ointe d'vne certaine gresse, qu'elle auoit: par sorts, & poudres, faict mourir plusieurs Hommes & Animaux: Ainsi la Religieuse, dont faict mention Thomas Brabantin, fut malgré elle poluë du Diable, & n'en peut estre deliurée, que par le Sainct Sacrement de l'Autel: Ainsi Iaquine de Rouigo porta long temps en son ventre vn esprit Engastrimithe surnommé le frisoté, qui d'vne voix fraile, & cassée, respõdoit du ventre, des choses passées & presentes assez pertinémẽt. Mais des futures obscurement, par le tesmoignage oculayre de Loys Cælius, Liure 8. Chap. 10. de ses Antiques. Ainsi Magdaleine de la Croix de Cordouë requist pardõ, de ce que depuis ce mesme aage iusques à quarãte deux ans, elle auoit couché ordinairemẽt auec vn malin esprit. Mais ceste derniere preuint sõ supplice pour la penitẽce de son horrible hypocrisie & brutalité, la ou nostre miserable à procedé de mal en pis, adioustant pour le cõble vn crime, auquel ceux qui ont basty les Loix n'ont point estably de supplice certain, ne pensans qui s'en peust trouuer qui voulust s'y precipiter.

Des affaires du gouuernement de Toude, appellerent le Sieur de Vannes à Paris & en Cour, ou il ne pẽsoit qu'aller & aussi tost reuenir. Ce fut la mal'heure qu'espia ceste furie Infernale, qui sortit de la chãbre soubs le silẽce de la minuict, entra en celle de sa Mere qui reposoit en son chaste lict, ayant à son costé le plus ieune de ses Enfans aagé de cinq à six ans, & fit soudain son coup, de la mesme façon que Katherine Darée Femme d'vn Labourreur de Cœuures, pres Soissons,laquelle par l'instruction du Diable,couppa la gorge à deux filles, l'vne sienne & l'autre à sa voisine. Et sceut Fráçoyse si viste choisir la gorge de ceste vertueuse Dame, qu'elle luy trancha le filet auát qu'elle eust loysir de rédre plus d'vn seul cry. Auquel fut preste vne ancienne Damoiselle, qui voyát sa maistresse toute en ság, cria au secours par la fenestre, & ceux du chasteau accoururét, & entre autres le Fils aisné le principal heritier, eust acheué sur le cháp la végeance de sa mere sur cet infame parricide, s'il n'en eust esté retenu, afin d'aderer & punir rigoureusement le fait par la voye de Iustice.

Qui voudroit dignemét exprimer l'extresme dueil du mary, jà non pl⁹ mary à sõ prompt retour: Il faudroit faire cóme le peintre qui ne pouuant bié representer par dessus les autres la tristesse d'Agamemnõ, au Sacrifice de sa fille Ifigene, ietta vn voile sur le visage du dolent Pere. Ce ne fut pas sans s'accuser de luy-mesme: d'auoir ainsi laissée seule sa féme, & sans desirer auoir exposé mille vies, pour celle auec laquelle il auoit passé tant de iours en grande douceur & concorde coniugale. Mais en tous ces regrets, on peut dire de ce sage Cheualier, ce qui est escrit de Iob, qu'il n'à point oublié Dieu, ny murmuré: Car les afflictions se doiuent receuoir par les seruiteurs de Dieu, de la mesme main, & auec mesme visage: dont ils reçoyuent ses prosperités, & benedictions.

Le procez à esté renuoyé à son altesse & à son cõseil: Qui en ayant meuremẽt deliberé, à Iugé ceste mal'heureuse auoit bien desserui vn extresme supplice, & q̃ le feu estoit peu à vn parricide si signalé, & abominable: Remettant toutes-fois au Pere, d'agrauer: ou alleguer la peine. Ne voulant deshonorer vne race si Noble, par vn public spectacle.

Resolutiõ fort difficile à prendre à vn Pere, s'il ne se fust surmonté luy-mesmes: à l'exemple de ce vaillãt Romain, qui pour la discipline militaire, n'espargna son propre fils: Mais, qui pourroit deçeuoir le Diable, autheur de toutes tromperies, deceptiõs, & piperies: La deliberation n'est pas si tost prise de faire mourir la prisonniere, qu'elle en est aduertie par son Demon, lequel ne passoit iour ou nuict, sans la venir trouuer entre quatre murailles, De sorte qu'elle dit à ceux qui luy apportoyent ses necessitez, que son Amy l'auoit aduisée de ne boyre ny mãger, que premier elle n'en eust l'essay, & qu'elle ne vouloit pas mourir sans auoir acheué la tragedie sur son Pere & Frere aisné, & persista en ces meschãs propos, quelques remonstrãces que des gens d'Eglise luy peussẽt faire, de l'horreur de ses crimes. Et quand on luy objectoit qu'elle estoit possedée d'vn Diable, elle repliquoit qu'elle n'en estoit pas possedée, ains accedée : ayant trouué ce mot pour les diuers accez, & violents interualles, qu'elle en souffroit: iusques à ce qu'il vint vn docte & pieux Theologien, du College du Pont Amousson, lequel apres plusieurs fatigues, obtint en fin ceste grace de Dieu, de luy faire faire Cõfession Auriculaire, puis publique, en la presence de luy & autres; de ses pechez detestables: & renõcer à toute alliãce qu'elle auoit euë auec l'ennemy de sõ salut: recitant deuãt tous, cõme enuiron l'aage de quinze ans, il l'auoit seduite, luy apparoissãt la premiere foys en hõme blãc, & depuis en diuerses figures horribles: & le plus souuent en forme d'vn petit pourceau, abusãt hõteusemẽt de sõ corps, luy asseurãt de n'en deuenir poĩt enceinte, & luy promettãt bailler les moyẽs de brusler & empoisõner, pour joüir de ses appetits: & se vẽger. Estãts telles cupiditez, plus violẽtes aux fẽmes, & faire encore pis qu'elle n'auoit fait: iusques à ce qu'elle fust venuë à bout des vies de ses ennemys: nõmemẽt ses pere & frenes, & se sentât diminuer de ses forces naturelles, à requis, & receu le Sacremēt de penitēce, qui jamais n'est clos à persōne, apres lequel, dans peu de iours elle à esté trouuée morte, les bras croisés, entre quatre murailles; soit pour la sustraction faite peu à peu de sa iuste nourriture, ou par lacq courant, ou par quelques artifices d'odeurs, ou en quelque autre façō: Car la certitude du gēre de sa mort, est demeurée par deuers quelques parens du Chasteau qui en auoyent la charge d'en pour hasser l'execution de Iustice.

Les bōs Iuges serōt par là instruits, de suyure le commandement de Dieu, qui veut au deuxiesme du Leuitique, q̄ to' Sorciers soyēt exterminés: & ceux qui vōt à eux, aux Pythōs, Augureurs, faiseurs d'Images de cyre, noüeurs d'Esguillette, empoisonneurs, Imposteurs, & autres enchanteurs, Charmeurs & Magiciens & qui s'y fient: dont il est grand foyson, qu'il faut punir de peynes capitales, & brusler leurs Liures, selon les Loix Imperialles.

Chacun bon Chrestien pourra faire son profit de cest Exemple veritable, & baissant la teste: mirer sa foiblesse & ignorance, en la sagesse, & misericorde de Dieu: Le suppliant d'affectiō de nous deliurer du malin, & destourner de son fidelles les traits de son Ire.

FIN.

www.ingramcontent.com/pod-product-compliance
Ingram Content Group UK Ltd.
Pitfield, Milton Keynes, MK11 3LW, UK
UKHW020958230726
13923UKWH00007B/2642